W0304154

OF COURSE

FRANZ BARTELT

OF COURSE

L'ARBRE VENGEUR

www.arbre-vengeur.fr

« Maman, je sais que c'est vous.
Mais enlevez ce masque. »

Gilbert LASCAULT
in Enfances choisies.

Il y a une mémoire du rectum,
mais elle ne retient pas tout.

1

PEUT-ÊTRE UN JOUR quelqu'un de plus qualifié que moi écrira-t-il une biographie de Moncheval, un type qui se définissait lui-même comme l'homme qui a autre chose à faire et qui le fait. C'était sa devise. Du compact. Du causant. Du qui va droit au cœur.

Pour être franc, je n'ai jamais écrit une ligne. Et jamais lu un livre. À peine si je me passionne pour les étiquettes de bière. Tout ce que ce que je sais, c'est qu'il y a du pognon à se faire. À condition d'avoir un bon sujet, une bonne histoire, de belles saloperies à déballer.

À la vérité, je suis tellement néophyte que je ne vois pas très bien de quelle façon commencer ce livre, qui ne sera donc pas un chef-d'œuvre de style.

Pas sûr que je connaisse même assez de mots pour l'écrire jusqu'au bout. Et puis, j'ai du mal avec les conjugaisons. Ce n'est pas simple. D'abord, il y en a trop. Ça ne serait pas un luxe d'en supprimer quelques-unes.

Jusqu'il y a peu, j'ignorais même le sens du mot « biographie ». Je le classais dans la rubrique « cancer et consorts ». Mais il paraît que je confondais avec « biopsie ». Je me suis renseigné auprès du Totor Gogo, le rédacteur en chef du *Journal des barbus*, une publication, c'est écrit dessus, qui se voudrait poilante et qui n'est que rasoir. Je lui demandais les recettes du *best-seller*. Il aurait pu en écrire, lui, Totor Gogo. Il connaît la cuisine et les combines. Mais il est trop modeste. Et il n'aime pas être riche. Le contraire de moi.

« Du sexe, du sang et des larmes, il m'a expliqué. C'est simple, on en trouve partout.

— En parts égales ? je me suis inquiété.

— Pas obligatoirement. L'essentiel, c'est qu'il y ait de tout et en grosse quantité. Il ne faut pas lésiner sur la matière. Quand tu dégaines le sexe, tu tires. Ne te contente pas de la menace. Tu tires. Sans sommations.

— Pour le sang aussi ?

— Pareil. Tu lâches les vannes sans prévenir. Fais saigner la veuve et l'orphelin. Fais saigner le juge et l'assassin. Fais saigner le chat de la voisine. Il n'y a rien de plus littéraire qu'une veine qui coule. Avec une artère, l'effet est encore plus garanti.

— Si je comprends bien, des notions d'anatomie seraient indispensables. Je ne me vois pas reprendre les études de médecine là où je les ai laissées la dernière fois que je me suis prescrit deux aspirines pour la gueule de bois.

— Moins on en sait, mieux ça vaut. Tu écris pour des ignorants. Ne les déçois pas : sois ignorant toi-même.

— Et en ce qui concerne les larmes ?

— Ne regarde pas au malheur. C'est ce qui intéresse le lecteur. Insiste sur les enfances malheureuses, sur les sévices corporels, sur les injustices. Pour les humanistes, une erreur judiciaire, c'est du nectar. Bien que galvaudé, l'accident de voiture demeure assez productif, s'il décime une famille. Tu peux t'offrir le luxe de sauver le chien enfermé dans le coffre, prix à payer pour mettre de ton côté les amis des animaux. Ce n'est pas négligeable. Pour la touche de modernité, à l'accident de voiture tu peux substituer un choc frontal à moto. C'est du mort à l'unité, mais ça plaît beaucoup. Dans ce cas, n'oublie pas les paquets de cervelle sur le pare-brise du camion, balayés par les essuie-glaces. »

Totor Gogo parle comme un livre. Avec lui, il suffirait de recopier. Si je pouvais écrire comme il cause, en six mois je coiffe le bicorne et l'habit vert, j'ai la prostate comme une noix de coco et je dîne en ville tous les soirs en compagnie de rombières qui me feraient visiter leur anus de chez Cartier.

L'apprentissage du *best-seller* m'a coûté quatre anisettes, cacahuètes en sus. Sous nos cieux, on ne peut pas se plaindre que les secrets de la fortune coûtent cher. Pour m'indemniser sur la question des cacahuètes servies contre supplément avec les consommations d'usage, Totor Gogo, du coin de la bouche, comme en « aparté », encore un mot avec lequel je peine, m'a glissé dans l'oreille cette ultime recommandation : « Surtout, tu soignes la première phrase. Un livre est tout entier dans sa première phrase, comme le bébé est tout entier dans son premier cri. »

Petite bite,
grand souci.

2

DE TOUTE FAÇON, les cacahuètes étaient pour moi. Il n'aurait pas dû se croire obligé d'exprimer sa gratitude en me révélant l'importance primordiale de la première phrase. Dès lors, cela fut un tracas. Ici, j'ai hésité entre le mot « tracas » et le mot « tourment ». J'avais écrit « tourment ». Je l'ai remplacé par « tracas ». Je préfère commencer petit. En garder sous le pied pour la suite. Au cas où. Mais je tiens à préciser que cette affaire de première phrase fut plutôt un tourment. On lira « tracas », mais je prie le lecteur de comprendre « tourment ».

Mine de rien, en badaud, j'ai écumé la librairie de mon quartier, ouvrant des livres au hasard, à la première page, pour éclaircir cette histoire de première phrase. Ma moisson ne fut pas enthousiasmante.

« Longtemps, Moncheval s'est levé de bonne heure. »

« Un jour sur deux, Moncheval descendait l'escalier dans ses pompes à bascule. »

« Dans les dernières années, l'intérêt du public pour Moncheval s'est notablement affaibli. »

« C'est toujours la même chose, murmura Moncheval, en nouant sa cravate. »

Même adaptés à mon héros, à sa vie, à son œuvre, ces quelques échantillons pêchés au hasard dans des ouvrages aux vraiment très alléchantes couvertures me semblaient manquer de ce petit quelque chose qui signalerait au lecteur qu'il ne perdra pas son temps en poursuivant sa lecture. Et qu'à terme, et même avant terme, son opiniâtreté se trouvera récompensée par son poids de sexe, de sang et de larmes.

Assez vite, crainte d'hypothéquer la suite, je remis à plus tard la rédaction de cette fichue première phrase, et décidai d'attaquer tout de suite par la septième, me constituant ainsi une marge de sécurité d'une demi-douzaine de phrases.

Autre imprévu, mes recherches à la librairie m'avaient fait tomber sur le mot « exergue », dont je ne me suis jamais soucié de savoir quoi que ce soit. Selon mes informations, une bonne biographie ne se permet jamais de lésiner sur l'exergue, qui affiche le sérieux de l'entreprise, la connivence de l'auteur avec ses confrères morts ou vivants, la conscience de celui-ci de n'être pas seul au monde.

Et puis, c'est de la ligne qui ne coûte rien. Je vais donc m'employer à ouvrir chaque chapitre par un exergue. Dont le genre, pour masculin qu'il soit malgré une allure des plus équivoques, est attesté par les dictionnaires. Ce qui, moi, me choque, personnellement. Tout en s'inscrivant par certaines associations d'idées dans l'esprit du présent ouvrage. Je ne saurais en dire plus sans compromettre les étonnements à venir.

Au fond, écrire c'est plus compliqué que les apparences ne le laissent supposer. C'est technique. Il y a des choses à savoir, comme « première phrase » et « exergue ».

Pour la première phrase, on n'a pas intérêt à se tromper. Comme il n'y a qu'un aîné par fratrie, il n'y a qu'une première phrase par livre. Il s'agit de la réussir. Et c'est angoissant, comme de jouer à la roulette russe. Ou comme ce rêve que je refais souvent, où je me vois perdu au milieu de la mer après un naufrage. Ma survie dépend d'une bouée percée de tous côtés et dont je bouche les trous avec mes doigts. Sauf que j'ai dix doigts et qu'il y a onze trous. Jusqu'à maintenant, je me suis toujours réveillé à temps. Sauvé. Il arrivera bien une nuit où je me noierai avec le mauvais rêve.

Détail à ne pas méconnaître : un écrivain, ça picole. Une bouteille, un chapitre. Un verre d'eau, la panne. Un jus fruit, la déprime. Un bol de lait, le suicide.

On a beaucoup jasé sur les cent tasses de café qui servaient de comburant à Honoré d'être Balzac, un génie qui a prouvé qu'il n'y a rien de plus humain que la comédie. Ses biographes prétendent que les excès de café l'ont immolé sur la soucoupe, entre la petite cuillère et le pot de sucre en poudre. Mais pas un mot sur ce qu'il mettait dans le café pour en modérer l'amertume. Soi disant qu'on l'étudie, Honoré d'être Balzac, dans les écoles. Et, pudibonderie de pédagogue, pas un mot sur l'adjuvant à la caféine. Il faudrait voir à ne pas donner le mauvais exemple à une jeunesse qui, de nos jours, aurait tendance à savoir de plus en plus tôt ce qui est bon dans la vie.

Mais en comptant un petit verre de goutte par tasse, plus une lichette dans le fond pour rincer, ce qui n'est rien du tout dans un organisme où il coulait deux ou trois fois plus de sang que dans un corps réglementaire, on établirait que le père du père Goriot débouchait le troisième flacon avant la tombée de la nuit. Il n'y a guère que Verlaine pour avoir fait mieux.

Sans me vanter, je picole assez pour devenir un des grands écrivains du millénaire. Je peux me caler dix heures d'affilée au coin d'un bar, sans bouger, sans même réfléchir, juste à picoler, vraiment concentré, comme le poète sur la quadrature de la rime idéale. Boire et chercher la rime idéale, c'est du pareil au même : une affaire de temps. S'il n'y avait pas l'heure de fermeture et le jour légal de repos pour le personnel, je ferais les trois huit devant les pompes à bière.

Sans le savoir, depuis longtemps, j'étais un littéraire. On ne se connaît jamais soi-même. Pour trouver ma voie, il m'a fallu du temps. Trente ans, exactement. Trente ans à picoler sans songer à écrire une ligne. Ayant bu de quoi écrire l'Ancien et le Nouveau Testament, gros volumes — bien que les évangélistes n'aient jamais su tenir la bibine. À partir du troisième verre, ils déliraient grave.

Moi je bois ce que je veux. J'en déduis que je peux écrire ce que je veux. Et ce que je veux, pour commencer par du pathétique, de la pâte vive, de l'action échevelée, c'est livrer au plus grand nombre la biographie de Moncheval. Dans le respect des règles de l'art et dans l'espérance des gros tirages.

Pour l'instant, la technique me fait encore un peu défaut. Tiens, voilà que je m'aperçois que j'ai oublié la préface, l'introduction, l'avant-propos, salve d'omissions par ignorance. Je me souviens que Totor Gogo m'avait dit qu'un soupçon de prolégomènes manifeste l'auteur qui s'est intéressé à son sujet. Qui n'a pas, comme trop de tâcherons du stylo, écrit un truc comme il aurait écrit n'importe quel autre truc, pour se débarrasser d'une corvée. La préface prouve qu'on est capable de parler de ce qu'on a raconté, d'expliquer comment on souhaite que lecteur l'aborde, ce qu'il devra y comprendre, ce qu'il faudra en retenir. La préface, c'est la mousse sur le demi de bière, ça ne sert pas à grand chose, mais ça fait bonne impression au moment de servir.

« Même, avait-il précisé, signaler que *toute ressemblance avec des personnes existant ou ayant existé serait purement fortuite* est une marque de délicatesse vis-à-vis de l'humanité dans son ensemble. Le lecteur est sensible à cette petite attention. En plus, on gagne une page. Ne jamais oublier qu'une page qui porte quatre mots est payée le même prix qu'une page qui en porte quatre mille. »

Ni Dieu ni maître,
Nichon nibar

3

JE NE CONNAIS PAS MONCHEVAL. Je veux dire : pas personnellement. En photo, oui. Mais en vrai, je ne sais pas à quoi il ressemble. Mais j'en ai tant entendu parler que je connais sa vie aussi bien que si je l'avais vécue. À l'époque, il n'y a pas si longtemps, c'était un frêle jeune homme, d'une beauté mélancolique qui n'était pas sans rappeler l'enfance des détectives privés dans les vieux films en noir et blanc. Il ruminait la déception d'avoir dû renoncer à une carrière dans la police. À cause de son nom.

« Je ne me vois pas, avait dit le commissaire, déclarer aux journalistes : Messieurs, j'ai confié l'enquête à Moncheval. La police génère naturellement assez d'occasions de se couvrir de ridicule. Inutile d'en recruter sur concours. Désolé. »

La remarque désobligeante du commissaire n'avait pas été la seule raison de cet échec, mais Moncheval en avait lesté sa déception et l'avait vécue comme une tragédie. Il avait les pieds plats, un souffle au cœur, une tache au poumon, ce qui avait pesé aussi dans la décision. En outre, il était sourd d'une oreille et sa myopie, qui lui conférait un charme presque éthéré de romantique, semblait être la dernière étape avant la cécité. Mais il avait du courage, des idées, une capacité de déduction absolument inestimable. Il aurait fait un bon flic. La suite va démontrer qu'il aurait été le plus héroïque.

La rumeur colporte de nombreux exemples du sang-froid de Moncheval. J'en choisis un au hasard, pour cerner sa personnalité.

En novembre de cette année-là, alors qu'en fumant une tige de réglisse en forme de petit cigare de la Semois il remontait la rue Bourbon, où il avait passé sa jeunesse, il fut abordé par un hirsute qui, sous la menace d'un couteau chargé, voulut le taxer d'un peu de tabac.

« Je ne fume pas, affirma Moncheval en soufflant une pulmonée de fumaille dans la figure de l'autre.

— Tu me prends pour un toquard ? Tu fumes pas ? Et ça, c'est quoi ?

— Il fait froid. C'est de la buée. Et ça, c'est pas un cigare, mais un morceau de réglisse. Et pour votre information, fils de Dieu, fils de pute, je suis presque flic. Je n'ai peur de rien et de personne. Je n'ai qu'une parole. Quand je dis que je ne fume pas, c'est que je ne fume pas. Cela dit, ne m'obligez pas à passer en force. Je sais me montrer inéluctable. Vous seriez douze comme une boîte de capotes chacune prête à se faire enfiler par une queue, ce serait pareil. Je ne m'émeus jamais. Je ne connais pas la pitié. Je suis ultraviolent par nature, sadique par hédonisme, féroce par culture. Écartez-vous de mon chemin avant que je ne commette l'irréparable. »

Que croyez-vous qu'il arriva ? L'hirsute prit peur, piqua une crise d'épilepsie, attaqua comme un taureau furieux, bouscula Moncheval qui perdit l'équilibre et s'assomma sur le rebord d'un bac à fleurs municipal.

Quand Moncheval revint à lui, le voyou avait pris la fuite Il avait pris aussi le bâton de réglisse et le paquet où, depuis que Moncheval avait décidé de ralentir sa consommation de tabac, les cigares avaient stratégiquement été remplacés par des bâtons de réglisse.

Moncheval reprit sa route solitaire. Il hâtait le pas. L'incident l'avait mis en retard. S'il n'était pas à l'heure pour passer à table, sa mère s'inquiétait.

Une couille dans le potage, c'est une erreur.
Deux, c'est une recette.

4

Ce jour-là, j'imagine que, devant le cadavre de la prostituée, le commissaire Tristan eut un soupir de soulagement. C'était la treizième. Massacrée comme ses consœurs, à l'aide d'un objet contondant dont les experts supposaient qu'il pouvait être un fer à cheval. Le commissaire Tristan soupira, parce qu'il n'aurait qu'à remettre une copie conforme d'un rapport qu'il avait déjà reproduit à douze reprises, n'y changeant que le nom de la victime. Toujours ça de gagné, ne se donna-t-il même pas la peine de penser, tant la situation parlait d'elle-même.

De tous les commissaires de France et de Navarre, du roman policier et de la série américaine, le commissaire Tristan était certainement le plus fainéant. Il aimait dormir et bâillait beaucoup quand il n'avait pas ses douze heures de sommeil par nuit. Il ne se privait pas non plus d'une petite sieste, l'après-midi, dans son bureau, au chaud, les pieds calés sur le radiateur soufflant. Sa femme était également une dormeuse au long cours. Entre deux roupillons de jeunesse, elle avait répondu à une petite annonce qu'il avait fait passer dans le journal, dans laquelle il se définissait comme un « dormeur de fond ». En vingt ans de vie commune, ils n'en avaient pas dormi moins de la moitié, côte à côte le plus souvent, unis par l'inaction.

En temps normal, ils dormaient pour se reposer. D'autres fois, seulement pour le plaisir de dormir. C'était un loisir, un hobby, une manière de vivre. S'ils allaient au théâtre, c'était pour y ronfler en position assise, bercée par la rengaine des alexandrins. Ils avaient, en effet, découvert les vertus soporifiques du répertoire classique et n'avaient pas cru bon de résister à la vanité d'enrichir leur sommeil en lui conférant une ampleur un rien culturelle.

En fait, tout leur était prétexte pour sacrifier à cette passion qu'ils partageaient avec ferveur. Il arrivait même qu'excipant les symptômes d'un éventuel surmenage, voire d'un pressentiment grippal, le commissaire Tristan soutirât un arrêt de travail à son médecin. Pendant quinze jours, il ne quittait plus son lit, sauf pour les nécessités de l'exonération. Et son épouse, qui ne doutait pas qu'il fût malade, le soignait en dormant près de lui, jour et nuit, avec un admirable dévouement.

De tous les assassinats, l'assassinat de prostituées présente le meilleur rapport qualité/prix. Pour le coût d'une vie dont tout le monde s'accorde à penser qu'elle ne vaut guère plus que rien, il mêle, dans d'harmonieusement sordides proportions et pour de juteux profits, le sexe, le sang et les larmes. Le grand public, qui n'est grand que par le nombre, raffole de ces denrées biologiques où chacun peut identifier un peu de sa qualité de semblable. Il est prêt à payer très cher pour accéder aux détails effrayants, et s'en régaler, comme d'en être l'auteur par délégation. D'une certaine façon, les tueurs sont les nègres des honnêtes gens. Ils réalisent leurs fantasmes.

Ce sont les personnes les plus vertueuses qui font le succès de l'immoralité. Pour rien au monde, le père de famille, l'honnête ménagère, l'ouvrier consciencieux, le ministre intègre, le fonctionnaire incorruptible, la fille du colonel de l'armée du salut, le catholique pratiquant, ne manqueraient le récit journalistique de ces cruautés et autres monstrueuses privautés. Pour les produits dérivés de l'enfer, il y a un marché. L'offre se règle sur la demande. Et la demande est pressante. Tout le monde aime se pencher sur la margelle des bas-fonds et se repaître de ce qu'il faut bien admettre comme une des grandes évidences de la vie, ce grouillement mortel où les libertés se combinent aux instincts, où rien n'est vraiment permis, mais où rien ne supporte non plus d'être interdit. Vues de haut, ces débauches se conçoivent comme une métaphysique et génèrent des rêveries qui excitent.

Sans le spectacle du crime, que serait l'existence des gens probes, sinon une morne plaine ?

La répétition, le ressassement d'un crime pour la treizième fois identique à lui-même finissait par ennuyer le commissaire Tristan. Ses bâillements, qui d'ordinaire n'appelaient que le sommeil, y gagnaient une dimension professionnelle. Il ne bâillait pas en fainéant qui songe à son lit, mais en flic qui porte un jugement sur l'enquête en cours. Ses collègues n'étaient pas loin de partager son opinion. Ils en avaient tous assez, de ce piétinement meurtrier, de cette absence d'imagination, de cette routine.

« L'assassin est un médiocre, conjectura un des adjoints, qui s'appelait Henri mais qu'on appelait Maurice pour éviter de l'appeler Gustave, car il détestait ce prénom qui lui rappelait Mme Bovary, une héroïne dans les pas adultères de laquelle sa propre femme avait mis les siens.

— Il ne se renouvelle pas, répliqua un autre adjoint. À force de balancer toujours la même blague, il ne nous fait plus rire.

— C'est un comique de répétition », conclut le commissaire Tristan pour la douzième fois depuis le crime initial.

La première fois, il s'était contenté de ricaner :

« C'est un comique. »

Il n'avait pas opté sans raison pour le mot « comique » qui n'était pas un de ses mots préférés. Il aurait pu dire : « C'est un guignol », « C'est un drôle », « C'est un bouffon ». Mais, en tout état de cause, ce n'était pas du travail de guignol ou de bouffon. L'exécution trahissait la méthode et la compétence. Ce n'était pas drôle non plus. Le forfait était accompli sans la moindre intention humoristique.

Bien que la société actuelle ait banalisé le crime au point de le transformer en divertissement, ce tueur n'agissait pas pour s'amuser. Il tuait avec sérieux, en mesurant ses gestes, en calibrant les supplices qu'il infligeait, en appliquant à tous ses homicides une égalité de traitement qui signalait sinon le républicain, du moins une volonté impartiale.

D'abord, il leur crevait les yeux, les deux en même temps, probablement à l'aide d'un fer à cheval dont les extrémités avaient été travaillées pour augmenter le coefficient de pénétration dans les globes oculaires. Le fer à cheval est un outil de mort qui offre une bonne prise en main et qui présente l'avantage de porter bonheur à celui qui le possède et en dispose. Ce dernier détail démoralisait le commissaire Tristan. Il n'ignorait pas que le cartésien est désarmé devant la puissance sournoise des charmes et des talismans. Face aux inexplicables pertinences de la superstition, la raison doit se faire une raison. On pardonnera aux proverbes des erreurs qu'on n'admettra pas de la science.

Le rationalisme poussait le commissaire Tristan à parier que le fer à cheval était soumis aussi à la rigueur des lois de la nature et à l'usure du pouvoir. Ce tueur sollicitait trop son arme. Il en gaspillait le fluide protecteur. À la longue, la lame du couteau finit par casser, les piles se vident, le président perd des points dans les sondages, les sentiments s'émoussent, le fer à cheval ne produit plus les bienfaits qu'on en espère.

« Dans l'univers, tout ce qui peut peut de moins en moins jusqu'à ne plus pouvoir du tout. »

C'était avec des phrases comme celle-là que le commissaire Tristan et ses hommes entretenaient le semblant d'illusion qui leur faisait office d'espoir. Par négligence ou par aveuglement, ils ne se comptaient pas eux-mêmes parmi les choses soumises aux contingences de l'exténuation progressive.

Quand le canard parle à demi-mot,
il dit: « coin ».

5

« TU AS L'AIR SOUCIEUX, en ce moment, murmura la mère de Moncheval en faisant glisser un morceau de pâté du plat dans l'assiette de son fils.

— Pas du tout, maman chérie, protesta Moncheval.

— Avec tes responsabilités, je comprends, continua la mère. Je te l'avais dit, de ne pas entrer dans la police. C'est se mêler de trop près aux mauvaises choses. À force de se frotter à la laideur, ça joue sur l'humeur. Et comme l'humeur joue sur le caractère, on change au point de finir par ne plus être soi-même. Depuis quelque temps, je ne te reconnais plus. Toujours cette affaire de tueur qui s'attaque aux femmes légères ? »

Elle disait « femme légère » pour dire prostituée, comme elle disait « homme de couleur » quand elle parlait d'un Noir. C'était une zélatrice de la norme. Longtemps, elle avait fait son miel des conseils que dispensent les manuels de conversation. C'est par cœur qu'elle avait appris des colonnes de « dites... ne dites pas... ». Sans prétendre au raffinement, elle aspirait à être convenable en toutes circonstances. Éprise de perfection, pétrie de gentillesse, elle vivait dans un monde à elle, d'où était exclue toute velléité de grossièreté, même anodine.

Moncheval n'avait pas cru utile de l'informer du fait que la police avait décliné ses offres de service. De sa part, ce n'était pas un véritable mensonge. Il se sentait plus policier que le plus policier des policiers. Très jeune, il avait senti naître en lui la vocation d'enquêteur. À trois ans, il retrouvait les chats perdus. Plus tard, il dénoua de délicates affaires de vélos volés, d'argent de poche détourné. Il pista des receleurs, débusqua des faux-monnayeurs, mit un terme aux activités d'un maître-chanteur et démêla des sacs de nœuds et des nœuds d'embrouilles, aussi facilement qu'on retrouve un mot dans le dictionnaire ou un nom dans l'annuaire.

Sur un des murs de sa chambre, Moncheval avait affiché un plan de la ville. Chaque crime y était matérialisé par un fer à cheval. Comme les flics, il avait dès le départ remarqué que l'assassin procédait selon des principes géométriques qui, au fil du temps, eurent tendance à se relâcher, mais sans s'écarter tout à fait du plan originel. Une suite de quatre crimes avait été commise la même nuit, après quoi il s'était passé neuf jours, puis les crimes avaient repris, à raison d'un par semaine, environ, car parfois il s'écoulait dix jours, voire quinze entre deux crimes.

Le premier crime avait été perpétré au Nord, le second au Sud, le troisième à l'Est et le quatrième à l'Ouest. Selon toute vraisemblance, le tueur n'agissait pas au petit bonheur la chance. D'entrée, il avait reproduit à grande échelle la forme d'une croix. Les flics n'avaient pas été plus loin. Pour eux, avant d'inaugurer une série, le tueur avait tracé le signe de la croix : au nom du père, du fils, du Saint-Esprit, ainsi soit-il. Ce faisant, il délimitait son territoire et le bénissait, pour les siècles des siècles. Les flics avaient donc orienté l'enquête vers les mystiques en carton-pâte, les réincarnations christiques, les fils cachés de Dieu et d'une supposée vierge. Ces investigations n'avaient donné aucun résultat.

Moncheval était sceptique. Je ne sais pas exactement à quel moment il a deviné que la police s'entêtait dans l'erreur. Au bistrot des Tilleuls, certains biéreux avaient cru entendre dire que Moncheval s'était maintenu longtemps dans une sorte d'expectative. Qui, selon moi, son bien informé biographe, ne lui ressemble pas.

Chez le Gus, le comptoir, composé des plus vénérables pochards de la ville, hommes d'expérience et de grand mérite, inclinait plutôt pour la révélation instantanée, conséquence d'une déduction foudroyante, œuvre presque machinale d'un génie.

Dans l'ensemble, la rumeur, qui se nourrit d'enchantements, agréait plus volontiers la version des clients du Gus. Personnellement, bien qu'elle ne soit que moyennement plausible, j'y souscris, par respect pour mes lecteurs, lesquels ont droit au meilleur, fût-ce au prix d'un petit arrangement avec la réalité.

Du reste, je n'ai pas la prétention de rédiger une biographie objective. Je ne suis pas une machine. En moi, l'homme sait s'émouvoir devant les souffrances de son héros. Et il ne viendrait pas à l'idée du biographe que je suis devenu de récuser les émotions de l'homme que j'ai toujours été.

Il y a quelque temps, à la Petit Brasserie, alors que je m'interrogeais déjà sur l'utilité d'un ouvrage dont je serais l'auteur et dont Moncheval serait le sujet, je fus abordé par un juge du tribunal de grande instance, que je connaissais de vue, car nous fréquentons les mêmes bistrots, sans avoir jamais eu l'occasion de bavarder, car il est « table », alors que je suis plutôt « comptoir », deux mondes. Il avait su que je préparais un ouvrage sur Moncheval et n'avait eu de cesse de me rencontrer pour me livrer son témoignage, qu'il tenait d'un douanier qui avait été marié avec la cousine de l'archiprêtre dont les parents d'un des enfants de chœur habitaient la maison voisine de la boulangerie où la maman de Moncheval passait acheter le pain. Chaque jour, une petite baguette, deux éclairs au chocolat.

« Ce garçon, me rapporta le juge dont les yeux semblaient déborder de vermicelles trop cuits, est sur le point de démasquer le tueur. La boulangère assure qu'il entretiendrait des relations avec les forces cosmiques. Elle tiendrait cette information de la bouche même de la mère de Moncheval. Qu'est-ce que ces forces cosmiques ? Des êtres venus d'un autre système solaire ? Un émissaire de la puissance divine ? Nul n'est en mesure de trancher en faveur d'une hypothèse ou de l'autre. Moi, non plus : je suis juge, mon cœur balance. »

Il donna à filtrer aux morves sèches qui lui tapissaient l'intérieur du nez assez d'air pour remplir la moitié d'un poumon et poursuivit :

« Ce qui est sûr, c'est qu'avec ou sans aide venant de l'espace ou du ciel il a identifié l'assassin. Il a percé à jour sa stratégie meurtrière. À l'heure où je vous parle, il est en train de lui tendre un piège. Je n'en sais pas plus. »

En principe, et par hygiène intellectuelle, un buveur de comptoir n'accorde jamais de crédit aux propos d'un buveur de table. Chacun a de l'estime pour l'alcoolisme de l'autre. Mais la position debout toise toujours un peu la position assise. Ce soir-là, peut-être trop imbu de ma verticalité, mon premier réflexe fut de mettre en doute la parole de cette magistrature assise. Aujourd'hui j'admets que j'avais tort. Un juge peut avoir du jugement.

Quant à l'origine du génie de Moncheval, il ne faut certainement pas soupçonner le doigt de Dieu ou l'intervention des extraterrestres. De source sûre, j'ai appris les curieuses modalités de ses origines. Moncheval est le produit du viol de sa mère par quatorze touristes anglais, lors d'une excursion fluviale en Allemagne.

Ce voyage avait été organisé dans le cadre de la politique européenne de rapprochement des peuples. L'Europe était en marche, mais la jeune femme trouvait qu'elle n'avançait pas assez vite, cette Europe. Elle se dépensait beaucoup pour réunir des jeunes gens des divers pays de la communauté, ne ratait jamais une occasion de resserrer les liens entre les uns et les autres, sans peur, sans appréhension, comme on doit s'élancer vers l'avenir qui est du vide qui n'attend que nous pour croire qu'il pourrait être moins vide.

Le viol eut lieu un soir d'été, dans de bonnes conditions de température et d'humidité, non loin du fameux rocher de la Lorelei. Une fête s'achevait, à terre. Les jeunes gens avaient beaucoup dansé, beaucoup bu, beaucoup ri. L'ambiance était aux camaraderies. Sans doute déjà aux familiarités.

Malgré une remarquable ouverture d'esprit, la jeune femme ajoutait foi à toutes de sortes de préjugés, comme quoi, par exemple, ce qui porte un jupon doit se méfier des Italiens et des Belges qui, dans des styles différents et des procédures de séduction liées aux particularismes régionaux, ne perdent jamais de vue, même lors des célébrations religieuses, qu'après le cerf et le sanglier, une femme est le seul gibier digne de ce chasseur qu'est l'homme. Elle les fuyait, donc.

Le même genre de préjugés l'avait convaincue qu'il n'existait pas au monde de meilleur garant de la virginité qu'un groupe d'Anglais. D'ailleurs, diplômés des grandes écoles. Et d'une civilité si accomplie qu'ils présentaient leurs excuses au poteau qu'ils venaient de percuter par distraction ou à la bordure de trottoir sur laquelle ils avaient trébuché, comme pour endosser toute la responsabilité de ce désagrément. De grands seigneurs. Des lords.

Si un jour, poussé par le succès financier du présent ouvrage, je me sens l'humeur vénale d'entreprendre la biographie de la mère de Moncheval, l'ouvrage livrera une abondance de détails charmants sur la sexualité des touristes anglais, pour qui le viol en réunion renouvelle le principe de la chaîne humaine. Joignant l'utile à l'agréable, il constitue, en effet, une approche de la vie collective, un apprentissage du partage d'une valeur commune. Et, subsidiairement, tout en se relayant pour rendre aux étrangères l'hommage le plus virilement appuyé qui se puisse être, une manière de faire goûter à ces dernières les sortilèges du royaume.

Tout petit enfant, Moncheval, à qui sa mère ne cachait rien, s'interrogeait déjà sur l'identité de ses pères putatifs. Dont l'un devait être plus putatif que les treize autres, fatalement. Ce ressassement forma sa jeune intelligence à tous les détours du raisonnement, aux subtilités de la logique, à l'art des déductions.

Pendant des années, il monta et démonta des suppositions, il examina des conjonctures et les mit en action dans des hypothèses qu'il désintégrait ensuite, à la lumière d'argumentations toujours plus compétitives.

Quand il fut en âge de voyager par ses propres moyens, il séjourna fréquemment en Angleterre. Il rendit visite à chacun de ses pères présomptifs, dont sa mère avait conservé les adresses et un souvenir exaltant, dès lors qu'elle fut mise au courant de l'état d'esprit dans lequel elle avait été violée. Elle tira même un certain orgueil d'avoir participé au parachèvement de la bonne éducation de l'élite londonienne, en payant de sa personne, ce qui témoignait de son attachement à l'idée européenne. Elle s'était dit que les Français avaient beaucoup à apprendre des Anglais, en matière de démocratie.

Tous les pays sont terres de contrastes,
sauf le Royaume Uni.

6

La recrudescence de la criminalité n'empêchait pas le commissaire Tristan de dormir. Au plus fort de la série, il se raflait ses douze heures de coma, affiliant son rythme respiratoire à celui de son épouse, gage de tendresse conjugale. De toute façon, sa paie tombait à la fin du mois et cette certitude lui assurait un sommeil dénué de toute anxiété.

Certaines nuits, comme on l'a appris une fois que tout fut fini, ses rêves le conduisaient devant une porte sur le bois de laquelle le nom de l'assassin était inscrit dans la courbe d'un fer à cheval. Malgré ses efforts, le commissaire ne parvenait pas à déchiffrer ce nom. Les rêves rendent le dormeur à sa vérité profonde. Celle de Tristan était ne pas savoir lire. Les signes ne lui parlaient pas. Il n'y voyait que des traits, des traces d'encre sur du papier, séparées par des blancs.

Au réveil, il tentait de les reconstituer sur une page du carnet qu'il posait chaque soir sur sa table de chevet. Il n'obtenait qu'un enchaînement de taches qui pouvaient signifier beaucoup de choses tout en s'obstinant à ne vouloir rien dire. Après quoi, il s'octroyait un supplément de ronflette, parce que rien n'est meilleur que cette somnolence traînante du matin, quand on sait que la lumière est déjà à l'œuvre de l'autre côté des volets clos et que la ville bourdonne de commentaires sur les derniers méfaits d'un assassin qui court toujours.

Quand fut découvert le corps sans vie de la onzième prostituée, les journaux eurent enfin le réflexe de se demander ce que faisait la police. C'est une question sans innocence qui se répond sournoisement à elle-même en laissant supposer que la police ne fait rien ou que ce qu'elle fait ne sert à rien.

Il en aurait fallu beaucoup plus pour impressionner le commissaire mais, compte tenu de ce que ses rêves lui avaient enseigné, il adressa au rédacteur de la gazette un communiqué qui n'avait rien de mensonger en affirmant que les enquêteurs étaient sur une piste sérieuse.

En homme d'avenir, il avait le goût de l'anticipation. Aussi prit-il le risque d'évoquer l'imminence d'une arrestation. Non sans une coupable intrépidité, il suggéra que la position du meurtrier était localisée. L'identité de ce dernier, presque connue des services de police, faisait l'objet de vérifications patientes et minutieuses.

À l'appui de ces déclarations, et sans se vanter d'avoir subtilisé cet indice aux profondeurs de son sommeil, il esquissa un signalement de la porte que son rêve lui avait offert le loisir d'observer. Il n'allait pas jusqu'à lui trouver un air vaguement catholique, mais comme l'esprit saint était son dada, il s'abandonna à des insinuations orientées, mais si méandreuses qu'elles laissaient le champ libre à toutes les interprétations et auraient pu conduire à incriminer le pape, voir Dieu en personne(s), qui est à l'origine de toute chose, les bonnes comme les mauvaises.

À part ça, l'affaire suivait son cours.

Le même jour, d'après ce que j'ai entendu dire dernièrement au zinc du café des Arcades, Moncheval se confiait à sa mère en ces termes :

« Ma petite maman chérie, mon confrère et supérieur hiérarchique, le bon commissaire Tristan se laisse contaminer par des restes d'herméneutique qui lui remontent directement de l'époque où, préparant sa communion solennelle, il fréquentait avec une trop pieuse assiduité le catéchisme, sans disposer de l'estomac performant qui lui aurait permis de digérer ces pesantes nourritures spirituelles. Pour lui, une configuration en forme de croix réveille des souvenirs auxquels, en toute bonne foi, il croit pouvoir se fier. Sa computation policière progresse sous entrave doctrinale. Comme si la croix était née de la crucifixion de son seigneur Jésus Christ ! L'objectivité, ma petite maman chérie, commande d'admettre une fois pour toutes que la croix existe de toute éternité et qu'elle n'est pas réservée à un seul usage, fût-il aussi honorable que le projet de rédemption collective développé par les Saintes Écritures et qui, au cours des deux derniers millénaires, marqua si fort les esprits. »

Pour un béotien lexical comme moi, cet exposé présente des zones d'ombre en forme de mots, comme « herméneutique » et « computation » dont les définitions du dictionnaire me sont apparues plus obscures encore que les mystères pour l'élucidation desquels elles furent commissionnées. La rigueur intellectuelle du biographe m'interdit, sous prétexte que je ne les comprends pas, de passer ces termes sous silence. Je les rapporte donc avec tout ce qu'ils débardent pour moi d'abstractions bêtifiantes et d'inécoutable pédantisme.

Cependant, confrontés aux vocables vulgaires que j'ai eu l'honneur de restituer en narrant l'anecdote très authentique où il est question de cigare et de réglisse, ces termes d'une érudition inaccessible au commun des mortels illustrent à merveille la capacité de Moncheval à adapter son langage et, partant son attitude, à tous les interlocuteurs et à toutes les situations que lui présentait le hasard des rencontres et de la vie en société. Un jour, il était le butor féru de crudités et qui invitait le quidam à répondre favorablement aux avances d'une carotte sodomite. Le lendemain, il devenait le bon fils qui converse sous la lampe avec sa petite maman chérie. Un autre jour, il était l'étudiant en sciences humaines qui révise son cours en sirotant un café en terrasse, sans se laisser distraire par le tumulte de la foule. Ailleurs, il se fondait dans la personnalité joviale d'un représentant en lingerie féminine ou soumettait son corps et son verbe à des distorsions qui le faisaient méprendre pour un homosexuel.

Moncheval était tout en feinte, en artifice, en rouerie. Selon les besoins de ses recherches, il modifiait son apparence, ses comportements, ses façons de penser et de voir, comme s'il avait hérité un peu du caractère de chacun des quatorze touristes anglais qui avaient violé sa mère selon l'ancestral rituel d'initiation aux choses de la vie et de l'amour en vigueur dans ce pays formidable qu'est l'*United Kingdom*, comme on se plaît à le nommer en région parisienne, pour faire comme tout le monde, du moins comme le peu qui reste du monde quand on en a retiré la France.

Le temps c'est de l'argent,
sauf à un moment donné.

7

« Ma petite maman chérie, reprit Moncheval, je répugnerais à passer à tes yeux pour un fils dilaté de prétentions, mais je pense avoir cerné la personnalité de ce criminel, éventé les secrets de son mode de fonctionnement, déterminé les mobiles qui le poussent à agir. »

La mère de Moncheval hocha la tête, avant de retendre une oreille vers le susurrement qui, de la bouche de son fils bien aimé, s'épandait dans la quiétude de la salle à manger et en effleurait le silence avec une douceur si complice que les paroles s'en trouvaient comme rehaussées de nuances aurifères.

« Avant de t'exposer ma thèse, ma petite maman chérie, il me faut te dire, mais ne t'en effraie surtout pas, que j'ai vu, de mes yeux vu, cet homme…

— Oh ! s'effraya la mère, malgré l'exhortation que Moncheval lui avait adressée de ne surtout pas s'effrayer de ce qu'il allait dire.

— Attention ! Si tu t'effraies, ma petite maman chérie, je me verrai dans l'obligation de couper court à toute forme de révélation.

— Je ne m'effraierai plus, je te le promets. Pardonne-moi cette seconde d'affolement. J'ai juste sacrifié un bref instant à ma sensibilité de mère aimante. Mais si tu as des choses vraiment terribles à m'apprendre, ce serait mieux que tu me tiennes la main. »

Moncheval, je n'invente rien, ce détail étant venu jusqu'à moi par le truchement de Frédéric Boursais qui le tenait de son oncle James Carabono, client du bar des Trois-Ponts, Moncheval, donc, approcha son siège et prit entre les siennes, qui étaient petites et douces, la main de sa mère, qui elle aussi avait de petites mains douces.

« Je sais comment il désigne ses victimes. Mais il ne m'est pas encore tout à fait possible de prévoir à quel endroit il les frappera, ni à quel moment. L'autre nuit, la chance m'a souri et m'a guidé sur les lieux même de l'action. Après avoir planté le fer à double pointe dans les yeux de la fille des rues, il la retourne, comme un sac, lui plonge son bras dans le vagin, jusqu'au coude, et il en ramène tout ce qu'elle a à l'intérieur, un peu comme on vide une dinde. Ça va bien, ma petite maman chérie ?

— Oh, oui ! C'est très amusant. Peut-être un peu burlesque pour mon goût, mais ça me plaît vraiment. C'est curieux, bien sûr, assez bizarre, mais ludique et intéressant. Serre ma main plus fort, s'il te plaît. »

Rassuré, Moncheval étreignit plus étroitement la main maternelle, et sur le ton de la causerie documentaire continua à rendre compte de ses observations :

« Il mesure plus de deux mètres. Au jugé, son poids ne doit pas être loin d'atteindre le quintal et demi.

— C'est un géant ! s'exclama la mère, en s'efforçant de masquer son effroi en souriant.

— Un géant, le mot est moins gros que la chose, mais il faut faire avec, ma petite maman chérie. Cela dit, son poids ne semble pas freiner sa mobilité. Il est vif, svelte, d'une vélocité étonnante. Quand il s'est enfui, à toutes jambes, il m'aurait fallu une mobylette pour avoir une chance de soutenir son allure. Il surgit vite et décampe aussi vite. C'est une créature soudaine. Une sorte d'instantané humain. Il fond sur sa proie, l'étripe en moins de temps qu'il n'en faut pour le dire et disparaît dans la nuit noire de l'oubli, comme ne s'est pas privé de l'exprimer un des classiques de la chanson. Sans aucune visée prémonitoire, d'ailleurs. En tout cas, à ma connaissance. »

Comme souvent au cours de ce genre de conversations, un instant de silence s'intégra dans le colloque, très spontanément, comme s'il prenait une place qui lui revenait et qui lui aurait été spécialement aménagée par les phrases.

Cette interruption momentanée du son, qui se reproduit à intervalle plus ou moins régulier, possède, tout du moins à l'écrit, le mérite de diviser une longue période oratoire, un soliloque, par exemple, une prosopopée dont l'étirement finirait par faire mourir d'ennui les morts qu'elle avait à cœur de faire parler, de diviser, comme je le disais plus haut, cette longue période en plusieurs parties où les idées seront distribuées de telle sorte que la somme des équilibres de toutes les parties contribue à améliorer l'équilibre de l'ensemble, et sa lisibilité. Ce qui trouve, bien sûr, son application ici, avec le présent discours de Moncheval.

Pour un débutant dans la carrière de biographe, ce sont des pratiques difficiles à expliquer clairement. Pour en parler, il faudrait un Totor Gogo. Il connaît toutes les ficelles du métier. Il sait comment les tirer sans les rompre.

Ce que je veux dire, c'est qu'il ne faut jamais rater une occasion de faire aller le texte à la ligne. Une hésitation de la mère de Moncheval : à la ligne ! Un scrupule filial de Moncheval : à la ligne ! Un regard qui se tourne vers les rideaux où un rayon de soleil vient dénuder de l'ombre qui l'enveloppait le compotier posé sur la table : à la ligne !

« Dans un livre, martèle souvent Totor Gogo, la ligne blanche c'est tout bénéfice ! Ce qui coûte cher, c'est le papier, pas ce qu'il y a dessus ! »

Honnêtement, au-delà de ce qu'il boit et, peut-être, grâce à cela, cet homme n'a rien à envier à la lucidité des buveurs de limonade. Mais tout bénéfice ou non, je n'ai pas l'intention d'abuser du blanc, ni du retour à la ligne.

Au terme de cette pause qui, dans la réalité, ne dura que le temps de trois battements de paupières, la mère de Moncheval, penchant, je suppose, la tête légèrement de côté, vers la droite, comme il me complaît de l'imaginer dans cette reconstitution d'une scène qu'on m'a rapportée sans la gestuelle comportementale, hélas, posa à son fils bien aimé la question suivante :

« Tu as vu son visage ? »

À quoi, Moncheval répondit par la négative.

Si le père Noël est une ordure,
la neige est une salope.

8

QU'UN ASSASSIN ASSASSINE, c'est bien. Qu'il ait une tête d'assassin, c'est mieux. Le consommateur aime que le contenu de la boîte de cassoulet soit auguré par une étiquette qui présente une image de cassoulet. De préférence, très ressemblante. Et sur laquelle il ne manque ni la saucisse, ni la rondelle, ni la tranche de lard, ni le haricot, le tout baignant dans une sauce congruente.

J'emploie le mot « congruent » parce que je me suis pris d'amitié pour lui. Les puristes crieront au blasphème, à l'impéritie. Congru, passe. Mais congruent !

Ils essaieront de démontrer qu'on n'a jamais vu de sauce congruente et qu'on n'en verra jamais. Cette protestation indignée leur fera perdre beaucoup de temps et d'énergie, pour un piètre résultat, car non seulement je n'ai pas l'intention de revenir sur cette congruence, mais à l'avenir, dès qu'il me faudra qualifier une sauce, j'aurai recours à l'adjectif congruent. Par amitié, je l'ai dit. Ce mot, congruent lui-même et fier de l'être, est mon ami. En amitié, je suis fidèle. Ceci explique cela.

Pour m'aider à rédiger ce chapitre, j'ai déplié sur le bar, devant moi, une photo de l'assassin découpée dans le journal. Il y a une espèce d'honnêteté chez un assassin d'avoir une tête d'assassin, comme pour un douanier de porter un képi, afin que nul n'en ignore.

Cette tête d'assassin fait aussi froid dans le dos que la vue d'un képi de douanier. Pourtant, comme on le verra plus tard, elle peut aussi inspirer un sentiment de pitié, émouvoir la police et la justice, faire glisser l'opinion publique dans le camp du crime.

Moncheval avait mis au lit sa petite maman chérie et, d'une voix sans heurt, comme s'il avait lu un conte de fées à un petit enfant, il l'avait aidée à s'endormir en lui confiant le résultat de ses dernières réflexions.

Contrairement au commissaire Tristan, Moncheval avait très vite écarté l'hypothèse du tueur d'inspiration biblique.

« Ce qui m'a mis la pupuce à l'oreille, dit-il en adoptant le style infantilisant des pédiatres et des vétérinaires, c'est que le premier crime a été commis, certes au nord, mais non loin d'un PMU. L'arme qui a servi à commettre cette horreur est un fer à cheval.

— Dada…, traduisit la mère, comme dans un rêve.

— Cheval, dada. Fer à cheval, dada. PMU, dada.

— Dada…, soupira la mère de Moncheval.

— Ce que le commissaire Tristan s'obstine à voir comme la croix de son seigneur Jésus Christ est, en réalité et dans l'esprit de l'assassin, une piste de ce jeu qu'on appelle les petits chevaux.

— Dada…, murmura la mère de Moncheval.

— Oui, ma petite maman chérie : dada ! »

Ce jour-là et à cette heure-là, tandis que sa mère flottait en bordure du sommeil, Moncheval suivait mentalement le déroulement d'une partie de petits chevaux.

« Dada », marmonna la mère.

Au rayon jouets du Grand Bazar, il avait acheté un de ces plateaux dont une face est occupée par un damier et l'autre, par un hippodrome pour les courses de petits chevaux, et l'avait installé sur la commode de sa chambre, juste en dessous du plan de la ville punaisé sur le mur. Pendant des jours, il avait étudié la règle du jeu, en essayant de concevoir la lecture qu'avait pu en faire l'assassin.

« De quoi s'agit-il ? posa-t-il la question.

— Dada…, répondit la mère, dans un souffle.

— Oui, ma petite maman chérie. Dada ! Que faut-il pour jouer aux dadas ? D'abord, un plateau de jeu avec quatre écuries, chacune courant sous une couleur différente. Ensuite, un circuit en forme de croix. C'est écrit en toutes lettres dans la règle du jeu : Un circuit en forme de croix ! Enfin, un ciel !

— Dada, dada, dada, haleta la mère.

— C'est cela même, ma petite maman chérie. Je te passe les figurines à tête de cheval, le dé et le cornet à dé. Entre parenthèses, te disant que je te passe l'énumération de ces accessoires, je ne te les passe pas, puisque je te les énumère.

— Dada, approuva la mère, sans doute à la manière d'une Russe bègue.

— Quel est le but du jeu ? reprit Moncheval. Pour le joueur, le but du jeu est de faire entrer tous ses chevaux au ciel. Comment ? Je lis : Une fois le cheval en piste, on le fait avancer d'un nombre de cases égal aux points du dé qu'on a fait rouler. Si le tirage aux dés amène un cheval juste sur la case occupée par un autre cheval, il fait sauter son concurrent, autrement dit il l'élimine.

— Dada, poum poum ! eut la mère la réaction de s'exclamer furtivement.

— Voilà, ma petite maman chérie. À mon avis, c'est de cette façon que le tueur détermine le lieu du crime. Il ne tue que des prostituées. Une prostituée en valant une autre, je ne pense pas qu'il attache la moindre importance à l'identité ou au physique de ses victimes. Il a agrandi à l'échelle de la ville le circuit en forme de croix. Il en a divisé chaque rue en autant de parties qu'il y a de cases sur le circuit du jeu des petits chevaux. »

Au mot « chevaux », la mère fit s'élever de la surface de son demi-sommeil tout un balbutiement de « dada, dada, dada », comme si elle convoquait la cavalerie et qu'elle la faisait défiler au pas écourté sur les boulevards déjà un peu effacés par les tombées bleues d'une nuit de pleine lune.

Ce qui précède ne prétend pas à la vérité historique, surtout en ce qui concerne les tombées bleues d'une nuit de pleine lune. Le lyrisme, quand on n'y revient pas avec trop d'insistance, n'a jamais remis en cause la sincérité d'une composition biographique. Au pire, il ne sert à rien. Mais, dans la vie, on parle si souvent pour ne rien dire que je ne vois pas ce qu'il y aurait de mal à mettre le n'importe quoi du lyrisme là où, de toute façon, il y a de la place et rien pour l'occuper. Comme la nature et comme le bock à bière, la page blanche a horreur du vide.

« Dada », chuchoté par une mère suffit parfois à faire déborder le vide et, même, à anéantir le néant.

Tous les choux cabus
ne s'appellent pas Albert.

9

MONCHEVAL A TOUJOURS RAISON. Il ne savait pas tout, parce qu'on ne sait jamais tout, mais il n'était jamais loin de savoir ce qu'il ne savait pas encore. Le tueur jouait effectivement la vie de ses victimes aux petits chevaux. Mais pas seulement à l'aide d'un dé vidé d'un cornet. Un coup de dé jamais n'abolira le hasard, a dit un fin connaisseur des jeux de société. Mais il ne coûte rien de tenter le coup, a finement rétorqué un autre. Pour une fois, Moncheval n'aurait pas su mieux dire.

Ce tueur était un tueur d'un grand modèle. Ses mensurations étaient très proches des estimations visuelles que Moncheval en avait fait, cette nuit où, tapi dans une pénombre cochère, il avait assisté au meurtre de la onzième prostituée.

Si on excepte ses activités criminelles, un tueur, en général, mène une vie assez ordinaire. Il paie son loyer, fait ses commissions au supermarché, au besoin passe l'aspirateur et débouche les toilettes. Comme la plupart de ses contemporains, sauf les soirs où il est de service, il se tasse sur un canapé, la pogne refermée sur une canette de bière et l'œil englué dans la lueur pâteuse du petit écran.

À propos de petit écran, je le note en passant, le commissaire Tristan aurait dit que la télévision est une création de Dieu. Moncheval aurait été tenté d'ajouter que les programmes sont l'œuvre du diable. Le tueur, lui, n'en pensait rien.

Il ne s'intéressait qu'aux résultats des courses, qu'il reportait systématiquement sur le circuit des petits chevaux, pour faire progresser d'un nombre de cases égal au chiffre des quatre premiers chevaux classés les figurines de couleur représentant ses futures victimes. Pour se matérialiser, lui-même s'était attribué une figurine noire, dont la marche funèbre dépendait entièrement du dé, décoché d'un cornet qu'il manipulait parfois pendant des heures, le secouant, le tournant, comme hypnotisé par le bruit de roulement produit par les chocs cubiques sur l'arrondi de la paroi de matière plastique.

Dans son univers mental, c'était le combat d'un hasard particulier, personnel, intime, qu'il menait contre un hasard plus vaste, plus général et sur l'évolution duquel l'individu ne peut pas agir, qu'il subit donc, avec toutes les conséquences que cela comporte. Alors que ce même individu éprouve le sentiment, peut-être pas aussi déraisonnable qu'il n'y paraît, de pouvoir influer sur le résultat du coup de dé, le dominer, lui imposer sinon les ordres de sa volonté, du moins les puissances actives de son désir.

Il opérait avec une gravité solennelle et une probité digne d'éloges. Jamais il ne faisait mine d'avoir mal entendu. Jamais il n'était tenté de corriger cette trajectoire gouvernée par les éventualités et les vicissitudes de la compétition hippique. Jamais, il ne se pressait plus que le hasard. S'il fallait exécuter vingt tours de piste avant de dégommer un petit cheval, il exécutait ces vingt tours de pistes sans un mouvement d'impatience, confiant dans l'adage qui consigne cette espérance que tout finit toujours par arriver à qui sait attendre.

Quand le sort avait fait tomber la figurine hors de la piste, le tueur repérait sur le plan de la ville la rue correspondant à l'endroit du circuit où gisait le petit cheval mort. Il n'avait plus qu'à décrocher le fer à cheval qui attendait sur le portemanteau de l'entrée et, une fois la porte de son appartement refermée, à enfoncer son immense corps d'assassin dans l'épaisseur de la nuit.

Puisqu'il est question ici de la porte devant laquelle le commissaire Tristan stationne dans certains de ses rêves, je m'en voudrais de ne pas préciser qu'elle est exempte de toute mention patronymique, aussi bien que de la présence d'un fer à cheval à vocation ornementale.

L'eau chaude bout à cent degrés,
comme l'eau froide.

10

QUAND SA PETITE MAMAN CHÉRIE fut tout à fait endormie, Moncheval éteignit la lampe de chevet, et il rejoignit son cabinet de toilette, au fond du couloir, à droite, en traversant sa chambre, sans jeter un coup d'œil au lit où il avait disposé les vêtements et les accessoires achetés l'après-midi dans une boutique interlope.

Il se déshabilla et prit une douche. Après s'être séché, il se talqua de la tête aux pieds. Il enfila une petite culotte de femme, très ajourée, des bas d'une vulgarité passablement excitante, cala sur sa poitrine un soutien-gorge qu'il avait préalablement bourré de ouate.

Puis, il revint dans la chambre, mit la jupe que la parcimonie textile réduisait presque à la taille d'un ourlet, un chemisier taillé dans une matière aux moirures dont les tonalités, sous certains éclairages, se nuançaient comme une pellicule de fuel à la surface d'une eau tranquille. Un blouson léger et des bottes rouges complétaient sa tenue.

Par coquetterie personnelle, il avait emprunté à sa mère deux colliers de fausses perles et un bracelet d'un style néo-mérovingien. Pour couronner la métamorphose, il fixa la perruque. Noire, cheveux mi-longs, mèche sur le front, d'une sobriété classique.

Moncheval était un petit gabarit. À l'école, ses camarades de classe l'avaient surnommé Poney. Soit ils le voyaient donc plus grand qu'il n'était, soit ils manquaient de vocabulaire ou de culture animalière.

Sur la descente de lit en peau de mouton, il enchaîna une série d'assouplissements, moyennement gymniques, ébauches plus que sommaires d'exercices de flexion et d'extension et, même, s'il faut tout dire, de circumduction, ces dernières ondulations se limitant à un remous pelvien accompli au ralenti et répété à plusieurs reprises, jusqu'à trouver la fluctuation idéale, celle qui différencie la travailleuse du sexe et la femme qui n'a que son honnêteté à extérioriser.

C'était la première fois qu'il se déguisait en femme ou, plus exactement, qu'il essayait de se mettre dans la peau d'une femme. Pour la bonne cause. Pour sauver la vie d'un nombre peut-être incalculable de créatures innocentes, en mettant un terme aux agissements d'un maniaque contre lequel la police n'avait à investir que des suppressions de personnel et des restrictions budgétaires.

Cette nuit, il allait se jeter à la poursuite du géant, arpenter les trottoirs tout au long de ce parcours en forme de croix qui, sur des kilomètres, s'étalait d'un point cardinal à l'autre, d'une banlieue lointaine à une autre banlieue lointaine. Il comptait sur la chance, un peu. Et beaucoup sur la peur qui faisait se retrancher les prostituées dans les endroits éclairés, les bistrots, la sortie des cinémas, des boîtes de nuit, là où un tueur rompu aux finesses du métier ne prend pas le risque de s'aventurer.

Cette épouvante avait créé la pénurie. Quelques nécessiteuses tapinaient encore de ci, de là, parce qu'elles devaient assurer les échéances mensuelles d'un proxénète ou devaient régler les frais de cantine de leurs enfants. Mais ces téméraires jusqu'à l'inconséquence se faisaient rares dans certaines rues mal éclairées et dans les quartiers où la brute avait déjà frappé.

C'était sur cette vague de découragement que Moncheval tablait pour accroître ses chances de se voir aborder par le monstre. Il n'en restait qu'une, et elle était celui-là.

Évidemment, la rencontre risquait de tourner vite à son désavantage. Il ne faisait ni le poids ni la taille. Sa constitution légère n'était même pas compensée par une sveltesse ou une vivacité d'esquive qui lui aurait valu de pouvoir se soustraire un instant à la violence de l'agresseur et retarder, ne fût-ce que d'une seconde, l'heure de sa propre mort.

Avant même d'avoir eu le temps de voir le danger venir, il aurait les yeux crevés par le fer à cheval. En agonisant, il se sentirait retourné comme un vulgaire paquet de linge sale, ultime sensation avant les glaciations de l'éternité.

Il sourit, néanmoins, en imaginant la surprise du géant quand ce dernier plongerait sa grosse main sous la robe pour s'acquitter de ses travaux d'éviscération et qu'il s'y verrait opposer une résistance probablement peu compatible avec l'idée à laquelle l'avaient jusqu'ici habitué les variations, somme toute limitées, de la morphologie féminine.

Cependant, Moncheval ne manquait pas de ressources. Il s'était procuré un explosif qui possédait le double avantage de présenter une jolie capacité de destruction dans un volume superbement réduit. À proprement parler, ce n'était pas une bombe, mais ce n'était pas non plus un article des farces et attrapes. Le vendeur en avait garanti la virulence en ces termes :

« Quand ça pète au cul, y a plus de cul ! »

À l'aide de ruban adhésif, il avait calé l'explosif en sandwich entre deux plaques magnétiques et, avec le détonateur relié à un dispositif de mise à feu automatique inspiré des boules de geisha, l'avait inséré dans un écrin en métal léger de la taille d'un paquet de cigarettes. L'engin était conçu pour exploser au premier choc un peu accentué.

Selon les calculs de Moncheval, au prix d'un peu d'adresse, la bombe se collerait sur le fer à cheval et, trois secondes plus tard, exploserait au bout du bras tendu de l'assassin, blessant ce dernier sans mettre sa vie en danger, alors que lui-même se serait laissé tomber à terre, pour se protéger. Au final, le tueur aurait la main en compote, avec de vrais morceaux de main dedans. C'était une excellente solution.

Il y avait aussi la solution, songeait-il, de balancer la bombe dans les jambes du type. Excellente solution, mais à condition de viser juste. Et que la cible ne fasse pas un pas de côté au dernier moment. Rien de plus prévisible qu'un tueur en série, sauf en ce qui concerne l'éventualité d'un pas de côté au moment où un poseur de bombe souhaiterait justement le voir adéquatement se maintenir à la place où l'explosion lui déchiquetterait menu un de ces membres qui, pour inférieurs qu'on les considère, ne s'en révèlent pas moins d'une incomparable utilité quand il s'agit de satisfaire aux impératifs d'un réflexe de fuite.

Cette dernière phrase, qui ne cache pas sa fatuité littéraire, n'est peut-être pas à la hauteur des ambitions scientifiques dont un biographe se doit d'être dévoré. Elle ne s'est pas faite toute seule. Elle est née de la bière, comme la perle est née de l'huître, dans cette féconde patience des choses de la nature. Les quarante premiers bocks ne contenaient que de la bière. Dans le quarante et unième, il y avait de la bière et cette phrase dont j'admets qu'elle ne peut être appréciée à sa juste valeur que par des individus en état d'ivresse.

Une savonnette
n'a pas de plaisir.

11

Les journaux ont tout dit au sujet du tueur, son enfance, ses parents, ses joies, ses peines, ses goûts alimentaires, son signe astrologique. Et, dans les bars, tout a été mille et une fois répété, répercuté, affiné par les intuitions des consommateurs, analysé par des consciences qu'affûtent l'anisette et le ballon de saignant, élucidé par ces logiques directement puisées au tonneau et qui mettent du sentiment et de l'émotion là où les journalistes ne trouvent que matière à compte rendu.

Il se nomme Robert Dupont, un nom connu, mais pas autant que son nom de scène du crime : Nadada (Haine à dada), dont les journaux ont longtemps fait leur manchette.

Né des amours d'une prostituée périgourdine et d'un proxénète berrichon, il fut abandonné à la naissance dans une poubelle et recueilli par un éboueur qui le confia aux bons soins de l'assistance publique, à Nanterre. Il connut la dure existence des orphelins de père et de mère, les dortoirs aux ambiances polaires, la gastronomie administrative, les tendresses douteuses de la matraque. Puis ce furent les placements dans des familles d'accueil, où il ne séjournait jamais plus d'une semaine ou deux, car il était très laid et que sa gentillesse naturelle, sa bonté, l'extrême douceur de son caractère ne réparaient pas le dommage visuel qu'il causait à ceux qui devaient poser les yeux sur lui.

Sa scolarité fut calamiteuse. Les maîtres ne l'aimaient pas. Ils l'envoyaient souvent au coin, parce qu'ils le supportaient mieux de dos que de face. Des parents d'élèves se plaignaient souvent et militaient pour son exclusion, au prétexte que sa laideur fomentait des cauchemars pour leurs enfants, et peut-être des traumatismes aux conséquences imprévisibles. Son seul jour de bonheur, en fait, était celui du Mardi gras où il n'avait pas besoin de se cacher derrière un masque pour être accepté dans la bande joyeuse des garnements.

Ce n'est rien de dire que Robert Dupont avait tout pour souffrir. C'était un de ces martyrs criant de vérité auxquels la vie n'épargne aucune humiliation. Les malheurs s'abattaient sur lui avec une régularité de pendule. Ils le frappaient avec un acharnement et une brutalité dont l'histoire de la misère n'offre aucun précédent, même dans les époques les plus barbares, même dans l'antiquité où il ne faisait pas bon d'être autre chose que roi ou demi-dieu.

Pourtant, son cœur était gonflé d'amour. Il comprenait les raisons de l'agressivité méprisante dont il était l'objet. Quand il apercevait son reflet dans une glace, il s'en voulait d'être aussi laid et, comme il était juste, il pardonnait aux autres de lui en vouloir pour le même motif. Pour se soustraire au risque d'indisposer des âmes sensibles, il se réfugiait dans des placards, y passait des jours entiers, dans le noir, en essayant de tirer un peu de fierté du concours qu'ainsi il apportait, spontanément, à l'amélioration des conditions de vie de ses contemporains. Plus tard, il aimerait l'ombre ardente des salles de cinéma.

Seules les rediffusions télévisuelles de *Don Camillo* lui apportaient un peu de réconfort, parce que dans ces films inusables Dieu répond quand on lui parle.

Il se consolait aussi en chavirant dans des rêveries où le bonheur ne lui était pas disputé par les protestations de la réalité. Sa mère lui apparaissait sous les traits de la Vierge Marie, d'une actrice dont il avait découpé la photo dans un magazine, de la maman d'un camarade de classe, si blonde et si pâle qu'elle était comme de la lumière éclairant la lumière du jour.

Au milieu de l'océan de détresse où il était perdu, il s'accrochait à la pensée que sa mère vivait quelque part et qu'elle pensait à lui comme il pensait à elle, et cette pensée était solide comme une île.

Il savait qu'une maman trouve toujours que son enfant est le plus bel enfant du monde, parce qu'elle le voit avec les yeux de l'amour et que ce sont les plus beaux yeux, parce qu'ils ne se lassent jamais de voir ce qu'ils aiment et que ce qu'ils aiment les embellit autant qu'ils embellissent ce qu'ils aiment regarder. Se répétait-il.

Un jour, il croiserait dans la rue une femme très belle. Elle le regarderait avec ce regard qui commence à s'embuer lorsqu'on éprouve le bonheur de retrouver par hasard quelqu'un qu'on cherche depuis longtemps et qu'on avait presque perdu tout espoir de retrouver. Et elle se jetterait dans ses bras, l'appellerait « mon petit », lui dirait « combien tu m'as manqué durant toutes ces années ». Prenant son visage dans ses mains, la voix brisée dans un sanglot, elle lui chuchoterait dans l'oreille qu'elle l'avait reconnu tout de suite dans ce magnifique et très beau garçon qui hissait la grâce de sa figure au moins deux têtes au-dessus des nabots et des mauviettes qui composent la foule des gens ordinaires.

En pleurant, elle lui jurerait qu'ils ne se quitteraient plus jamais, que plus rien ne pourrait les séparer, qu'ils iraient ensemble sur les chemins de la vie, jusqu'à ce que la mort les enlève l'un à l'autre. Se répétait-il.

À elle seule, la suite mérite un chapitre. Dans la vie comme dans la biographie, il arrive un moment où il vaudrait toujours mieux tourner la page.

Ni le sourd ni le pot
n'entendent mes sanglots.

12

Le soir de ses dix-neuf ans, comme tous les autres soirs, Robert Dupont était devant la télévision. La millième rediffusion de *Don Camillo* était suivie par une émission de témoignages. Toutes sortes de gens venaient y raconter leur vie, c'est-à-dire leurs malheurs.

En s'intéressant à cette émission, Robert Dupont avait l'impression d'être moins seul au monde. Il s'étonnait même de constater que la télévision réussissait chaque semaine à dénicher plusieurs exemples d'existences catastrophiques, lourdes de désastres, ravagées par des ruines, traversées de drames, d'infortunes, de déconfitures dantesques, de cataclysmes familiaux, de maladies poignantes, des destins désagrégés par les trahisons, saignés à blanc par les fourberies.

Un tel foisonnement de tragédies ne le consolait pas vraiment, mais il y puisait la force de ne pas s'estimer le droit de se plaindre de son sort. C'était le jeune homme le plus malheureux du monde, mais il était si bon et si courageux qu'il s'efforçait de croire qu'il y avait bien plus malheureux que lui sur la terre.

Le petit écran donnait à voir le spectacle d'une femme défaite par un chagrin vieux de dix-neuf ans, comme elle le précisa à maintes occasions. Elle confessait l'épouvantable péché dont elle s'était rendue coupable en abandonnant son enfant dans une poubelle, à Nanterre. Elle ne se cachait pas d'avoir toujours vécu du négoce de sa propre chair. C'était une vocation, comme d'être chanteuse de variété ou couventine, des activités auxquelles celles et ceux qui choisissent de s'y adonner croient qu'il faut leur sacrifier tout le reste. Elle accusait le père de l'enfant de l'avoir acculée à ce geste de désespoir. Il était décédé, expliqua-t-elle, au cours d'une rixe entre colleurs d'affiches, lors d'une campagne présidentielle. Sur le tard, c'était un homme qui avait fini par se laisser rattraper par la conviction qu'au-dessus d'un certain niveau d'amoralité un citoyen a plus à gagner dans la politique que dans le proxénétisme.

« Au fond, c'était un idéaliste », soupirait-elle, comme pour excuser son ancien compagnon et ménager la mémoire du père de son enfant.

Le reportage la montrait dans son quotidien. Les bouts de trottoir succédaient aux chambres d'hôtel, les bistrots aux cafétérias, les parties de cartes avec ses consœurs aux parties de dominos avec des patrons de bar. Les jours de congé, elle aimait se promener sur les avenues, en se disant que peut-être la chance lui sourirait un jour et qu'au milieu de la foule anonyme elle apercevrait un visage qu'elle n'avait jamais vu, mais que son cœur de mère, la mère qu'elle avait su rester au fond d'elle-même, l'identifierait comme le visage de son enfant, la chair de sa chair, le soleil régnant de sa pauvre vie, le salut de son âme. Elle n'y allait pas de main morte, l'essentiel de son érudition étant surtout redevable à la prose des romans-photos.

En quelques instants, la vie de Robert Dupont bascula.

Bien avant la fin de l'émission, il ne se sentait déjà plus orphelin. Tout ce qu'il avait cru mort en lui renaissait dans un enthousiasme de printemps. Il fouilla dans ses affaires et retrouva la liasse des dessins et des poésies qu'il avait confectionnés tout au cours de sa scolarité et qu'il n'avait jamais pu offrir à personne. Il relut les mots d'amour, maman tu es la plus belle chose du monde, plus belle même que les roses, maman je t'aime, maman, pour toi ce petit poème.

En tremblant, il revit les dessins à étoiles, à soleil, à ruisseaux, à bouquets. Il revint dans les rêves qu'il rêvait autrefois dans l'obscurité des placards. C'était le plus beau jour de sa vie, la plus belle heure, lui qui n'avait vécu que des mauvais jours et des heures noires.

Il voulut lui faire la surprise. Trois jours plus tard, il entreprenait le voyage. Sa joie était si grande qu'il aurait aimé la partager avec quelqu'un, mais, comme il n'y avait jamais eu personne avant pour prêter attention à sa peine et à sa douleur, il n'y avait personne maintenant pour entendre combien il était heureux. Il mit son beau jogging, se brossa les dents, alla chez le coiffeur, acheta des fleurs.

D'abord, il l'aperçut à travers la vitrine du café. Elle jouait aux petits chevaux avec trois filles d'une ahurissante vulgarité et qui riaient en ouvrant si grand leur bouche peinte qu'il eut l'impression que les langues se dépaquetaient d'un coup et s'en allaient dégouliner sur les poitrines où frissonnaient des pacotilles et des boas en acrylique.

Sur le circuit en forme de croix, il vit que deux chevaux n'étaient pas loin d'atteindre le ciel. Sa mère jeta le dé qui roula sur la table jusqu'au cinq. Elle saisit la figurine à tête de cheval rouge, compta en frappant quatre cases et, avec un rire féroce, éjecta la figurine à tête de cheval jaune, pour se camper à sa place, ce qui fit se plier de douleur la plus grosse des autres filles, qui se plaqua les bras sur le ventre, comme pour compresser une colique.

Il attendit que le calme fût revenu autour de la table et poussa la porte. Il était heureux. Il avait envie de remercier tout ce qui dans l'univers accepterait d'être remercié. Sa mère était devant lui, à moins d'un mètre. Il la dominait de toute sa haute taille. Elle leva les yeux vers le bouquet qu'il lui tendait.

« Vous m'avez vue à la télé, vous, non ? » dit-elle avec un mouvement de langue qui semblait viser à se faire une petite narine à lécher.

Il acquiesça d'un hochement de la tête. Sa gorge était nouée. Sa mère battait des mains et criait à la cantonade :

« Je suis une putain de star dans le quartier, maintenant ! Ça n'arrête pas ! Si ça pouvait relancer le commerce et faire monter le prix de la vieille bête, ça serait bien ! »

Elles ne riaient pas. Elles rigolaient, plutôt. Le respect qu'inspirent au modeste biographe que je suis les professions libérales ne me permet pas de dire ici qu'elles pouffaient. Mais, dans son inconvenance sémantique, ce verbe me paraît pouvoir définir les attitudes et les comportements de ces quatre bourrins sur le retour qui cherchaient dans les excitations du jeu de petits chevaux un dérivatif à l'ennui qui imprègne la longue attente du soir et de la passe nourricière.

« Pose la verdure sur la table d'à côté ! lui enjoignit sa mère. Pour l'instant, j'ai besoin de toute ma tête, je joue la tournée !

— Maman…, murmura Robert Dupont qui avait le sens des priorités.

— T'as entendu ? ricana une des filles.

— Quoi ? grogna la mère.

— Répète pour voir ! brailla l'autre en faisant mine de se congestionner.

— Maman…, dit Robert Dupont.

— Tu regardes trop la télé, toi, gros nase ! » lâcha la mère en relançant le dé.

Elle fit un 2 et rouspéta qu'on la déconcentrait. Elle eut des paroles grossières, qu'on n'entend pas souvent dans la bouche d'une mère, où elle exprimait, sous forme métaphorique, son opposition à tester dans l'immédiat les vertus laxatives des gens en général et de certains d'entre eux en particulier.

Robert Dupont, qui ne voyait le mal nulle part, ne le prit pas pour lui. Il continuait à sourire, en balançant d'un pied sur l'autre, ce qui agaça sa mère, laquelle l'invita à aller voir ailleurs si, par hasard, elle n'y était pas.

« Maman, je suis ton fils... », dit-il en essayant d'articuler et en augmentant le volume de sa voix, pour couvrir le brouhaha tranquille du bistrot et le vacarme plus envahissant des filles.

Toute à sa partie, la mère n'entendait rien. Par deux fois, le barman vint redresser le niveau de vin rouge dans les verres à pied.

Ce ne fut qu'après la partie de petits chevaux que la mère laissa Robert Dupont raconter son histoire. Il modula des tendresses verbales, restitua des jolies phrases qui avaient mûri à la lisière de ses chagrins, affirma son bonheur. Il avait envie qu'elle le prenne dans ses bras, qu'elle pose sur lui un regard moins dégoûté que celui qu'elle lui adressait pendant qu'il lui parlait.

« J'apprécie la rigolade, dit-elle quand il eut terminé. Mais des gosses, je ne me souviens même plus combien j'en ai foutu à la poubelle ! Quand on aime faire le ménage on ne compte pas ! Et puis, je vais dire quelque chose qui résume tout, mon gaillard, regarde-toi dans la glace, regarde la gueule que tu as et demande-toi si une femme comme moi peut faire un outil comme toi autrement qu'en le chiant !

— Mais, maman...

— Je suis une pute, je suis la maman de personne, c'est compris ? Pour moi, un môme, ça relève de la maladie professionnelle. Ça se soigne. On éradique. On déracine. Mauvaise herbe ! Poubelle ! »

Intrigués par le calme inhabituel qui s'était installé à cette table réputée pour ses tapages, quelques clients avaient fait le déplacement du comptoir à ce coin de la salle et suivaient les événements d'un œil à moitié intéressé.

« Ce que j'ai dit à la télé et rien, c'est pareil, continua la mère. Y avait du pognon à se faire. J'étais payée pour raconter des conneries et me faire pleurer les yeux, j'ai dit n'importe quoi, je ne me souviens même pas, c'est dire si c'était important ! Faut gagner sa vie ! Peu importe la méthode ! Tailler une pipe dans un couloir ou tailler une bavette à la télé, c'est le même métier ! On me paie, je fais. »

Sur ces paroles, elle releva le devant de sa robe sur les bourrelets de son pubis, écarta les cuisses, et prévint, en jetant un clin d'œil à ses copines :

« Si ça te tente, mon salaud, c'est à toi pour quatre papiers roses ou pour deux papiers bleus, prix d'ami ! »

Pour la deuxième fois en peu de temps, la vie de Robert Dupont bascula.

Le silence n'est que
le cadavre du bruit.

13

ASSIS DEVANT LA GLACE de la salle de bain, Moncheval se maquillait avec soin, en suivant les instructions qu'il lisait dans un magazine féminin ouvert sur le lavabo. Il avait opté pour un fond de teint discret, à la texture fine et légère, qu'il appliquait du centre du visage à l'extérieur en étirant la matière au maximum pour qu'elle se fonde idéalement dans la peau. Il nota que cela lui donnait bonne mine. À l'aide d'un gros pinceau rond, il déposa un soupçon de poudre, pour limiter les brillances sur le front, le nez et le menton. Puis, il se fit l'œil charbonneux, en glissant d'un mouvement subtil l'applicateur de fard au ras des cils, avant de dégrader la couleur jusqu'à l'arcade sourcilière. Pour intensifier l'effet de l'ombre à paupières, il n'hésita pas, d'une main sûre, à tirer un trait de crayon noir à la base des cils du haut et des cils du bas. Enfin, il ne regarda nullement à la dépense de mascara, dont il réduisit toutefois l'épaisseur en allongeant bien la matière de la racine aux pointes, comme l'article le recommandait.

Il avait choisi un rouge à lèvres dont la publicité assurait qu'il transformait la femme en femme fatale et qui était commercialisé sous l'appellation « Pute d'un soir », ce qui lui avait paru adapté aux circonstances. Il sentit qu'il fallait en mettre trop, ce qu'il fit.

Son reflet l'intriguait. Il ne s'était jamais vu en fille. Dans sa tête, la petite voix de l'intuition lui chuchotait qu'il était ressemblant.

« À quoi ? » se demanda-t-il.

Il adressa un sourire à son reflet, qui le lui rendit. Il tourna la tête à droite, puis à gauche, lentement, pour évaluer la métamorphose. De trois quarts. Puis, se tordant l'œil, presque de profil. Il fronça les sourcils, les releva l'un après l'autre, puis les deux en même temps, cligna de l'œil, passa la langue sur ses lèvres, essaya quelques mimiques.

Sans cesser de s'examiner dans le miroir, il reboucha le flacon de lotion biologique avec une pulvérisation de laquelle il avait réveillé la peau de son visage en lui offrant de l'éclat et de la tonicité. Il rangea la houppette et le pinceau rond dans la boîte à chaussures qui lui servait de coffret à maquillage. Il campa le tube de rouge à lèvres près du verre à dents.

« Je me rappelle quelqu'un que je connais », songeait-il.

Moncheval ne se trompait pas. Il avait déjà vu la fille qu'il était devenue.

Sa mémoire le conduisait en Angleterre, à l'époque où il avait entrepris la tournée de ses pères putatifs. Il alla dans sa chambre et chercha dans les rayonnages de la bibliothèque un gros album où étaient archivées les photos rapportées de ce voyage. Les portraits de ses quatorze pères putatifs et de leur famille, épouse, enfants, parents, grand-parents parfois, et même voisins et laitier, étaient distribués selon des critères alphabétiques. Il aurait préféré un classement plus hiérarchique et qui aurait tenu compte de l'ordre dans lequel les garçons avaient violé sa mère. Sous le coup de l'émotion, cette dernière n'avait prêté aucune attention à ce détail et n'avait pu le renseigner. Interrogés, les pères putatifs évoquèrent les complexités de la courtoisie britannique qui prescrit à chacun de s'effacer devant l'autre. Tout au plus se souvenaient-ils des formules échangées cette nuit-là : « Je vous en prie, vous d'abord ! », « Je n'en ferai rien, passez donc, s'il vous plaît ! », « Allez-y, cher ami, je ne suis pas pressé, j'ai tout mon temps ! » Ayant tous reçu la même bonne éducation, ils s'étaient montrés à égalité de politesse. Pour eux, personne n'avait pu se permettre la grossièreté de passer devant les autres. Ce que la petite maman chérie de Moncheval, commentait en ces termes irradiant d'admiration :

« Il n'y a pas de premier en Angleterre. Belle leçon de démocratie ! »

Les pages de cet album ne contenaient que de bons souvenirs. Il les tournait avec nostalgie, déjà. Il se revoyait dans cette rue de Londres, dans ce jardin, devant cette fontaine et, frémissant de spleen, se disait que la valeur du bon vieux temps n'attend pas le nombre des années.

Puis, il se vit en fille. Ses yeux ne le trompaient pas : Il se voyait en fille. Copie conforme. C'était lui, sur la photo. Sur la photo, c'était lui. Il détacha le cliché de l'album et revint devant le miroir de la salle de bain.

« Ma sœur… », murmura-t-il, en se laissant envahir par un trouble étrange.

Pour lui, le doute n'était plus permis. La ressemblance lui sautait au visage, claire, nette, explicite.

Effectivement, comme cela fut établi par la suite, cette fille était la fille du père de Moncheval. Elle se prénommait Elisabeth et se destinait à la psychiatrie. Son père n'est autre que Andrew Haboard, le limier de Scotland Yard célèbre pour ses pieds plats, son souffle au cœur et sa tache au poumon, et que le fait d'être sourd d'une oreille et myope à décourager les verres les plus correcteurs n'a jamais empêché de mener une carrière d'une extraordinaire richesse de rebondissements.

Mise au courant quelques semaines plus tard, la petite maman chérie de Moncheval vit dans cette information formidable une nouvelle raison de chanter le discernement démocratique des Anglais qui ne subordonnent pas la fonction sociale d'un citoyen à la forme de ses pieds.

Figé devant le miroir où il se voyait tenir à la main la photo d'une jeune Anglaise, il se crut obligé de s'excuser, au moins symboliquement, de devoir, d'entrée, lui imposer de jouer le rôle de la pute.

Un dur ne s'en va jamais en douce.

14

DANS UN RENFONCEMENT situé à la hauteur du n° 119 de la rue Jean-Jaurès, le tueur attendait sa proie. Il attendait depuis plus de trois heures. La rue était déserte. Il retenait son souffle. Il pouvait attendre ainsi jusqu'au matin, sans un mouvement, aussi silencieux qu'une plaque de marbre sur un tombeau.

Les filles se faisaient rares maintenant. Il les imaginait crever de peur dans leur bauge, dont elles finiraient bientôt par ne plus avoir les moyens de payer le loyer. Alors elles sortiraient de nouveau, juste pour gagner de quoi survivre. Il avait le temps. S'il ne tuait pas cette nuit, il tuerait la nuit prochaine ou la suivante. L'important, c'était de respecter les phases du jeu. De se poster à l'endroit de la ville qui coïncidait exactement avec la case du circuit en forme de croix où le sort seul, indifférent, sans préférences et sans aversions, avait décidé d'éliminer tel ou tel petit cheval. S'il en avait eu le pouvoir, il les aurait toutes tuées, toutes, en une seule fois, un seul paquet, toutes dans le brasier, à leur place.

Il devait se contenter de procéder par ordre, de respecter les règles du grand jeu, d'obéir aux directives des hasards, sans calculs, juste en luttant à l'aide d'un dé contre toute cette organisation qui gouverne le monde des courses et la course du monde, la destinée des êtres, la victoire des uns, la débâcle des autres, le mouvement des foules, la circulation des individus, et qui permet à des femmes de faire des enfants qu'elles jetteront à la poubelle.

Comme les petits chevaux qu'il empêchait d'aller au ciel en les renversant d'un coup de dé, il contestait à ces femmes la moindre possibilité d'être des mères ou même seulement des femmes.

Ses pensées retombaient souvent dans le gouffre d'amertume qui résonnait des rires poisseux de sa mère et des amies de celle-ci. Il la revoyait retrousser l'étoffe de sa robe, divulguer ce secret indigent de son intimité, cette pauvre sale chose où fermentait une obscurité de charnier. Il avait détourné le regard. Il ne savait plus comment il avait franchi la porte vitrée du bistrot, comment il s'était retrouvé dehors. Rien, jamais, ne lui avait donné plus envie de pleurer que ce souvenir.

Au fond, il n'avait pas décidé lui-même d'intervenir dans cette mécanique aux rouages compliqués qui faisait tourner le monde et la vie. Il était né pour en être une des pièces, une bielle, un balancier, un pignon, n'importe quoi qui transmet le mouvement ou la force qu'il a reçu, et qui le fait ainsi participer au fonctionnement d'ensemble du système.

Un bruit de talons le fit retenir sa respiration. Il tendit l'oreille. Ce pouvait être ce qu'il attendait.

Moncheval commençait à avoir mal aux pieds. Il parcourait les rues depuis plusieurs heures. La ville semblait avoir été vidée de ses habitants. Dans les bistrots, il y avait moins de monde que d'habitude. La salle des restaurants était illuminée pour une vague clientèle de passage, des représentants, des chefs d'entreprise en voyage d'affaires, quelques hommes seuls qui mangeaient en regardant dans la rue d'un air ennuyé.

Sur la place de l'hôtel de ville, Moncheval avait été abordé par ce qu'il avait, à l'accent, supposé être un camionneur polonais prospectant le marché du service à la personne. Depuis le début de la série de crimes, les clients s'arrangeaient autrement. Ils ne s'attardaient pas dehors. Il fallait être polonais.

À l'entrée de la rue Jean-Jaurès, il s'assit sur un banc et tira un peu sur les bottes, pour soulager le bout de ses pieds que la marche avait gonflés. Puis, il reprit sa maraude, plus lentement, en se tenant aussi loin que possible de la façade des immeubles où étaient les trous d'ombre, les défauts d'alignement, les décrochements de murs, l'accès à des passages étroits qui conduisaient à des cours. Il se méfiait de chaque pas. Tous les sens en alerte. Serrant dans sa main droite la petite boîte contenant la bombe. Il voulait avoir le temps de voir surgir le tueur. Il connaissait sa manière de procéder, le fer à cheval au bout du bras tendu, visant les yeux, des gestes d'une précision absolue, accomplis sans précipitation mais avec une rapidité stupéfiante. En moins d'une minute, le crime était commis et l'assassin se fondait dans la nuit.

Ce ne fut pas quelque chose qui peut se mesurer en seconde ou en millième de seconde. Ce fut plutôt un infime déplacement d'air qui altéra la qualité du silence et, par contamination instantanée, la nuit entière se chargea d'un sentiment de danger, d'imminence. Le tueur avait bondi. Il avait attendu le dernier moment. Il avait observé la femme qui remontait sans hâte la rue Jean-Jaurès. Il ne pouvait douter que ce fût une prostituée. Elle avait l'air jeune. Elle était fluette. Elle n'opposerait pas de résistance. Il vit qu'elle tenait dans sa main un petit porte-cigarettes ou un poudrier. Il songea que ce pouvait être un spray lacrymogène. Elle n'aurait pas le temps de s'en servir. Ses doigts se crispèrent sur le fer à cheval. Il était prêt. Deux mètres les séparaient.

Il crut que la prostituée levait les bras pour se protéger le visage, mais il sentit qu'elle se jetait en avant et que quelque chose se collait sur le fer à cheval qu'il poussait devant lui en direction de cette tête qui plongeait vers le sol, en pure perte, car une fois à terre ce serait encore plus facile de lui crever les yeux. Le fer à cheval suivait la même trajectoire. La prostituée s'agrippait au mollet de son agresseur. Il y eut une explosion. Moncheval sentit sa jambe droite se déchirer. Ce n'était pas douloureux. Il reçut la masse du géant sur le dos. Des fenêtres s'éclairèrent. Ce n'est pas pour autant que la lumière se fit.

C'est un enfant de la balle,
son père n'avait qu'une couille.

15

LE COMMISSAIRE TRISTAN avait horreur d'être tiré du sommeil. Toute la journée, il fut désagréable avec tout le monde, sauf avec les journalistes qu'il craignait autant qu'il les haïssait. Il se vengea partiellement en dormant trois heures dans les locaux de l'administration. Au prix où il était payé, il pouvait y mettre tout son cœur, et ronfler sans scrupule.

Quand ses adjoints lui avaient annoncé que le tueur au fer à cheval venait d'être mis hors d'état de nuire, qu'il se nommait Robert Dupont, qu'il était essentiellement orphelin et inconnu des services de police, le commissaire prit sa respiration et dit :

« Je me doutais que c'était quelque chose comme ça. »

Avec cette confidence toute en modestie du commissaire, le fameux flair policier faisait une entrée triomphale dans la galaxie des contes et légendes. Néanmoins, en se rendant au domicile de Robert Dupont, il fut déçu de constater l'absence de fer à cheval sur la porte, comme il fut navré d'apprendre que la sainte croix du Christ n'avait joué aucun rôle dans le déroulement de cette affaire.

« C'était pourtant une bonne idée… », soupirait-il.

Il était également fâché parce que le tueur avait eu la moitié du visage emporté par un engin explosif. Quant à Moncheval, les chirurgiens l'avaient amputé de la jambe droite, au ras du bassin.

Moi qui sais à quel point l'homme campé au bar a besoin de ses deux jambes, je dois dire que cette nouvelle m'a attristé grave. Si cette biographie, que je mets tout mon cœur à rédiger comme un hommage, ne remplacera jamais la jambe de Moncheval, j'ai calculé qu'une pile de cinquante volumes pourrait lui servir de cale, du sol au moignon, et le faire se tenir d'équerre sur les photos qui serviront de support visuel à la campagne publicitaire qui accompagnera, je l'espère, le lancement de cet ouvrage destiné à atteindre, en plein cœur, de préférence, un large, vaste et nombreux public.

Quand les inspecteurs eurent établi les circonstances de ce qu'ils intitulèrent, sur le conseil du commissaire, un « regrettable incident », Moncheval fut mis en examen pour quelque chose comme « tentative d'homicide avec préméditation sur une personne ne jouissant pas de la totalité de ses facultés mentales ». C'est fou.

Textuellement, le commissaire Tristan reprochait à Moncheval de lui avoir « abîmé son coupable », de s'être « livré à des voies de fait sur un bien relevant de la responsabilité de l'État » d'avoir « tenté de faire entrave au travail de la police ». Dingue.

« J'étais sur le point d'arrêter Robert Dupont », déclarait-il à qui voulait l'entendre, assez fort tout de même pour que ceux qui ne voulaient pas ne fussent pas sans l'entendre aussi.

Dans les journaux, les éditorialistes se déchaînèrent contre Moncheval. Dans un État de droit, on ne se fait pas justice soi-même, on ne lance pas des bombes artisanales sur un citoyen, fût-il un tueur en série. On ne substitue pas une action personnelle à la mission collective des fonctionnaires de police. Évidemment, il fut encore question, à propos de la police, comme toujours, du « travail de fourmi ».

Moncheval contre les fourmis. Ce titre revint plus d'une fois. Avec d'invariables variantes.

Quand il fut un peu remis, la télévision interrogea Moncheval. Ce dernier ne trouva rien de mieux à faire que se réjouir d'être débarrassé de la moitié des pieds plats qui avaient contrarié sa vocation de policier.

Les gens de justice, avocats, procureurs, juges de toute espèce, banquiers, prêteurs à gage, défilèrent au chevet de Robert Dupont, dit Nadada, et réussirent à le convaincre de porter plainte contre Moncheval. Ils lui firent le compte des dommages et intérêts qu'une action en justice pourrait lui rapporter. Pour le reste, ils l'assurèrent tacitement de leur bienveillance. Ils lui laissèrent même entendre qu'il n'avait pas trop de soucis à se faire pour son avenir. Les quelques victimes de ces fâcheux accidents du travail, assimilables à la chute du toit pour un couvreur et à la silicose des mineurs de fond, avaient été très vite remplacées par un arrivage de talents pleins de fraîcheur en provenance des pays de l'Est.

« Vous savez, monsieur Nadada, suggéra un de ces moralistes, l'argent ainsi obtenu pourrait vous servir à financer une opération de chirurgie esthétique. Vous ne pouvez pas vous présenter devant vos juges, devant la presse, devant le public, avec un visage saccagé. »

Cet argument emporta l'adhésion de Robert Dupont, dit de plus en plus souvent Monsieur Nadada. Plus tard, il demanda à ce qu'on lui donne le visage de Don Camillo, à qui il devait les moments les plus aimables de son enfance. La chirurgie faisant des miracles, il fut exaucé. Et si formidablement bien que ceux qui le fréquentaient avaient toujours le sentiment qu'il allait se mettre à hennir.

Moncheval va devoir en gagner des courses pour rembourser les frais de ce pénible dénouement. Et avec une seule jambe, ce ne sera pas facile.

Cela dit, ces difficultés ne l'affectent pas. Après un échange de courriers, quelques analyses et des explications téléphoniques, Andrew Haboard a accepté l'idée d'être le père biologique de Moncheval. Il a promis de lui venir en aide. Il n'a seulement pas admis être passé avant les autres sur le corps de la mère de son fils. En fin limier de Scotland Yard, il estime avoir succédé à un camarade distrait ou négligent qui aurait oublié d'éjaculer ou bien qui, nonobstant un âge déjà avancé, n'avait pas encore été mis au fait des usages de la sexualité dans les hauts lieux de la civilisation. Autre hypothèse, aussi vraisemblable : son prédécesseur aurait été stérile. Parmi les quatorze jeunes gens qui unirent leurs forces pour mener à bien cette opération de séduction à l'anglaise, un quart de siècle plus tard, deux sont encore célibataires et un troisième, bien que marié, n'a pas d'enfant. Mais comme Andrew était anglais, il n'évoqua personne en particulier.

C'est par esprit de justice que je me suis imposé la lourde charge de devenir le biographe de Moncheval. Il y a quelque temps, je regardais le journal télévisé. Quelle ne fut pas ma surprise de découvrir que l'invitée en était la mère de Robert Dupont, dit Nadada. Cette pute vieillissante avait écrit un livre au titre merveilleusement vendeur : « Mon fils, le tueur ». Il s'en est écoulé un million d'exemplaires. Je l'ai lu, comme tout le monde. Et j'ai calculé le paquet de pognon qu'elle s'est mis dans la poche, la salope ! Maintenant, pétée de thunes comme elle est, elle peut se permettre de tapiner pour le plaisir, en dilettante. En payant, même.

Depuis des mois, érigé comme une vigie au coin du bar, je rumine la biographie de Moncheval. J'écris moins que je ne bois. Mais, me noircissant avec application, je n'en ai pas déjà noirci moins d'une bonne petite centaine de feuillets. De quoi causer et faire causer. Je ne sais pas si ça vaut la peine de chercher un éditeur. Il ne suffit pas d'écrire, aussi sincèrement qu'on le peut, sans même dissimuler qu'on est surtout motivé par l'appât du gain, pour *ipso facto* intéresser le nombre de lecteurs qui assurera l'auteur contre la soif jusqu'à la fin de ses jours. Comme dit le proverbe local : s'il suffisait de tousser pour avoir un orgasme, tout le monde serait tuberculeux.

Tout de même, je dois quelque chose à Moncheval. Le biographe d'un grand homme en profite toujours un peu pour parler de lui. C'est humain. Je n'ai pas échappé à la règle. Au début, je racontais ce rêve que je refais souvent, où je me vois perdu au milieu de la mer après un naufrage. Ma survie dépend d'une bouée percée de tous côtés et que je bouche avec mes doigts. Sauf que j'ai dix doigts et qu'il y a onze trous. Ce rêve, je le refais encore souvent. Il y a toujours onze trous dans la bouée. Et je n'ai toujours que dix doigts. Mais maintenant, je bouche le onzième trou avec le stylo.

À quoi serviraient les livres s'ils ne nous sauvaient pas des mauvais rêves ?

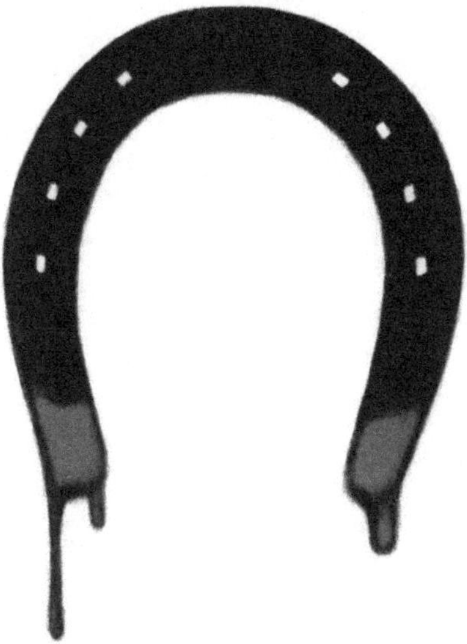

Ce 235e volume de l'Arbre vengeur a été achevé d'imprimer quelque part dans la grande Europe, en août 2021.

Dépôt légal : 3e trimestre 2021

www.arbre-vengeur.fr